D1432955

© 2013, Editorial *Corimbo* por la edición en español
Av. Pla del Vent 56, 08970 Sant Joan Despí, Barcelona
e-mail: *corimbo@corimbo.es*
web: *www.corimbo.es*
Traducción del sueco al español de Elda García-Posada
1ª edición Octubre 2013
© del texto: Astrid Lindgren, 1960 Saltkrakan AB
© de las ilustraciones: Kitty Crowther, 2012
Título de la edición original: "Tomten är vaken"
La obra ha sido publicada por primera vez por Rabén & Sjögren,
Suecia, en 2012. Publicado por contrato con Rabén & Sjögren Agency.
Impreso en Polonia
Depósito legal: B. 19626-2013
ISBN: 978-84-8470-485-0

*Cualquier forma de reproducción, distribución, comunicación pública
o transformación de esta obra, solamente puede ser efectuada con la
autorización de los titulares de la misma, con la excepción prevista por la ley.
Dirigirse a CEDRO (Centro Español de Derechos Reprográficos)
si necesita fotocopiar o escanear algún fragmento de esta obra
(www.conlicencia.com; 917 021 970 / 932 720 447)*

Astrid Lindgren & Kitty Crowther

El gnomo no duerme

Traducción de Elda García-Posada

corimbo

Ya reina la noche. Ya duerme la vieja granja y todos sus moradores.

Se halla en el corazón del bosque. Muchos años atrás alguien aró la tierra y construyó una finca aquí. Nadie recuerda quién fue.

Esta noche las estrellas centellean en el cielo, la blanca nieve brilla mientras el frío muerde. En sus casitas, al amor de la lumbre, se acurruca esta noche la gente, sin nunca dejar que se apague el fuego del hogar.

Aquí se erige una vieja y solitaria granja donde todos duermen.

Todos menos él…

El gnomo no duerme. En un rincón del pajar tiene su vivienda y por las noches sale, cuando todos se acuestan.

Es un gnomo muy, muy viejo, tan viejo que ha visto nevar durante cientos de inviernos. Nadie recuerda cuándo llegó.

Nunca lo ha visto nadie, pero todos saben que existe. A veces, al despertar, al alba, las huellas de sus piececitos se vislumbran en la nieve. Mas al gnomo todos siguen sin verle.

A la luz de la luna, con pasitos cortos desliza el gnomo sus sigilosos pies. Cuida de su granja. Pasa revista a la cuadra y al establo, visita el cobertizo y la despensa. De casa en casa se cuela, dejando en la nieve minúsculas huellas.

Primero acude al establo. En su oscuro y cálido pesebre, las vacas sueñan que es verano y que pastan en el prado.

El gnomo les habla en lengua de duende, un idioma callado y breve que las vacas entienden.

Muchos inviernos he visto pasar,
muchos veranos he visto llegar,
pronto en el prado os verán.

En la cuadra iluminada por la luna, Brunte pensativo está.
Tal vez recuerda un campo de tréboles, donde el pasado
verano solía trotar.

El gnomo le habla en lengua de duende, un idioma callado
y breve que el caballo entiende.

Muchos inviernos he visto pasar,
muchos veranos he visto llegar,
pronto a los campos irás.

Las ovejas y corderos duermen ya. Pero cuando el gnomo llama a su puerta, van y se ponen a balar.

El gnomo les habla en lengua de duende, un idioma callado y breve que las ovejas entienden.

Mis corderos, mis ovejas,
la noche es fría, mas la lana os calienta,
y hojas del álamo os traeré de cena.

Con pasitos cortos, hacia el gallinero va el gnomo, y las gallinas, al verle, cacarean alegres.

El gnomo les habla en lengua de duende, un idioma callado y breve que las gallinas entienden.

Poned un huevo, mis lindas amigas,
y ricos granos de trigo os daré.

La caseta donde Karo vive la cubre un blanco manto
de nieve.

Karo, cada noche, la llegada del gnomo aguarda
impaciente. Pues el gnomo es su amigo más fiel, que le
habla en lengua de duende, un idioma callado y breve
que el perrito entiende.

Karo, amigo, qué noche tan fea.
¿Tiritas en tu barraca?
Voy a buscarte más paja,
que así duermas a pierna suelta.

¡Qué silencio reina en los hogares! Todos duermen en la
noche invernal, sin saber que el gnomo viene y va.

Muchos inviernos he visto pasar,
a grandes y chicos he visto venir,
pero (al gnomo le da por pensar),
ellos nunca, nunca me ven a mí.

Hasta las camas de los niños se acerca y se queda un buen rato
a verlos dormir.

> *Fíjate, si llegaran a despertar,*
> *les hablaría en lengua de duende,*
> *un idioma callado y breve que los niños entienden,*
> *mas de noche duermen sin parar.*

Y el gnomo se aleja sigiloso con sus piececitos de duende.

Pero mañana los niños verán sus huellas, un rastro de
diminutos pasos entre casas, en la nieve.

Por fin vuelve el gnomo a casa, a su morada en un rincón del pajar.
Sobre el heno le espera el gato, que como siempre le pide leche.
El gnomo le habla en lengua de duende,
un idioma callado y breve que el gatito entiende.

Claro que conmigo te puedes quedar,
y toda la leche que quieras tendrás.

El invierno es tan frío, tan oscuro y largo
que a veces el gnomo añora el verano.

> *Muchos inviernos he visto pasar,*
> *muchos veranos he visto llegar,*
> *pronto las golondrinas vendrán.*

Pero aún en torno a la vieja granja del bosque se agolpa la nieve.
Las estrellas centellean en el cielo, mientras el frío muerde.

En sus casitas, al amor de la lumbre, se acurruca esta noche la gente, sin nunca dejar que se apague el fuego del hogar.

Aquí se erige una vieja y solitaria granja donde todos duermen.

Todos menos él…

Los inviernos llegan y los veranos se irán, muchos años han de pasar, pero la vieja granja seguirá en el bosque con su gente, y noche tras noche saldrá el que no duerme: el gnomo, que, con pasitos sigilosos, de todas las casas cuidará.